REVERBERACIÓN

Tsutomu Takahashi

1

ÍNDICE

VERANO.
ESTAMOS EN LA CANÍCULA Y CADA AÑO SIENTO MENOS EL CALOR.
CLONC
CLONC

¿SERÁ PORQUE...
...MI CUERPO NO ESTÁ VIVO DEL TODO?
BAM
EL GOLPE EN LA PARED...
HOY ES MIÉRCO-LES.
HA IDO AL CENTRO DE DÍA...

EH... MUCHACHO, VEN UN MOMENTO Y SIÉNTATE...
¿QUÉ QUIE-RE...?
SI VUELVE A HABLARME DE CARRE-RAS DE CABALLOS, ME VOY.

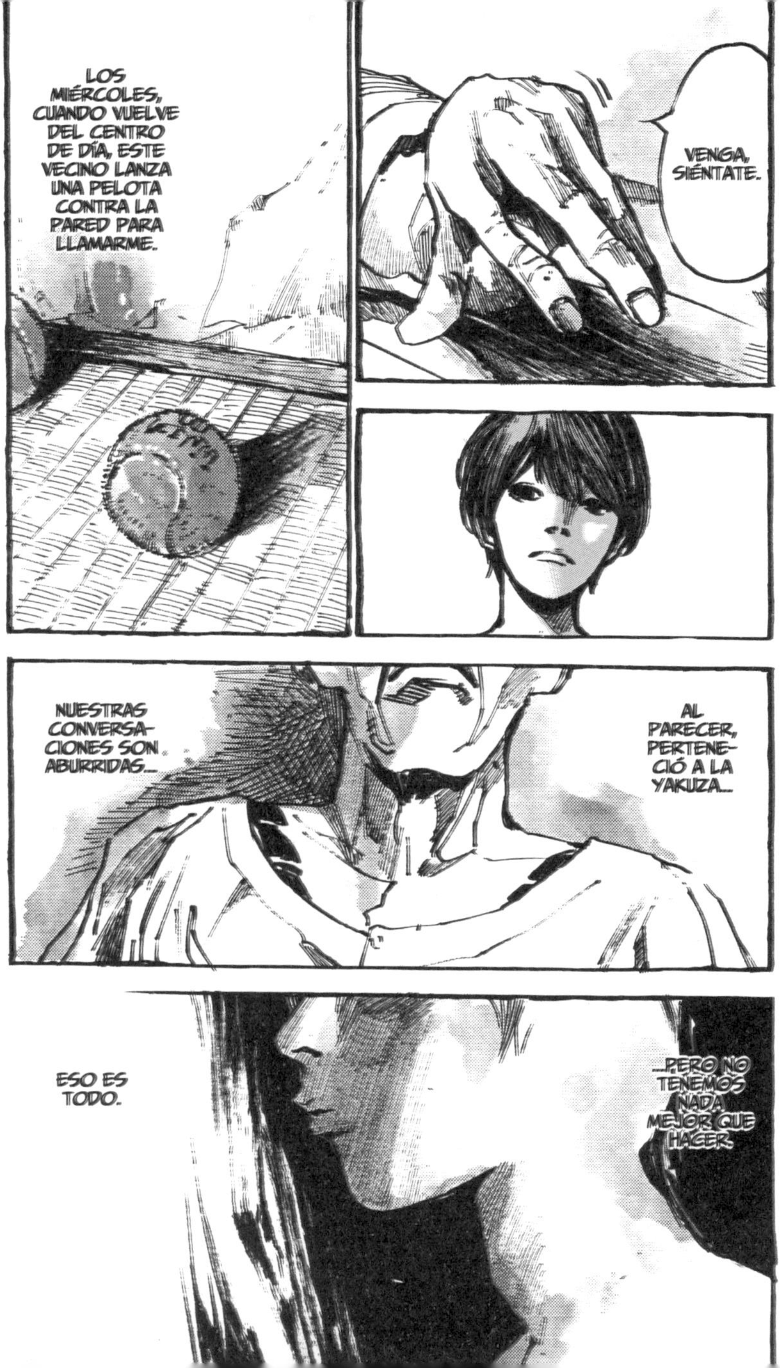
LOS MIÉRCOLES, CUANDO VUELVE DEL CENTRO DE DÍA, ESTE VECINO LANZA UNA PELOTA CONTRA LA PARED PARA LLAMARME.
VENGA, SIÉNTATE.
NUESTRAS CONVERSA-CIONES SON ABURRIDAS...
AL PARECER, PERTENE-CIÓ A LA YAKUZA...
...PERO NO TENEMOS NADA MEJOR QUE HACER.
ESO ES TODO.

SATO-RU...
¿HAY ALGO QUE TE HARÍA ILUSIÓN TENER?

NO.
NADA EN ESPECIAL.
ZUUUM
HOY...
...ES TU CUMPLEAÑOS, ¿VERDAD?
ZMMMM
...
SÍ.
¿CÓMO LO SABE...?
ME LO DIJISTE
EL AÑO PASADO.
¿AH, SÍ?

EL AÑO QUE VIENE YA NO ESTARÉ AQUÍ.
ASÍ QUE ESTE AÑO QUIERO HACERTE UN REGALO.
¿HM?
PERO ¿QUÉ DICE?
ESTOY MURIÉNDOME.
Prospecto
Sr. Genji Segawa
Posología
Por día
Veces
Duración
Antes de comer Después de comer Entre comidas
Dosis de sobres
Dosis de cápsulas
Dosis de píldoras
Heisei a de
YA NO ME QUEDA MUCHO.

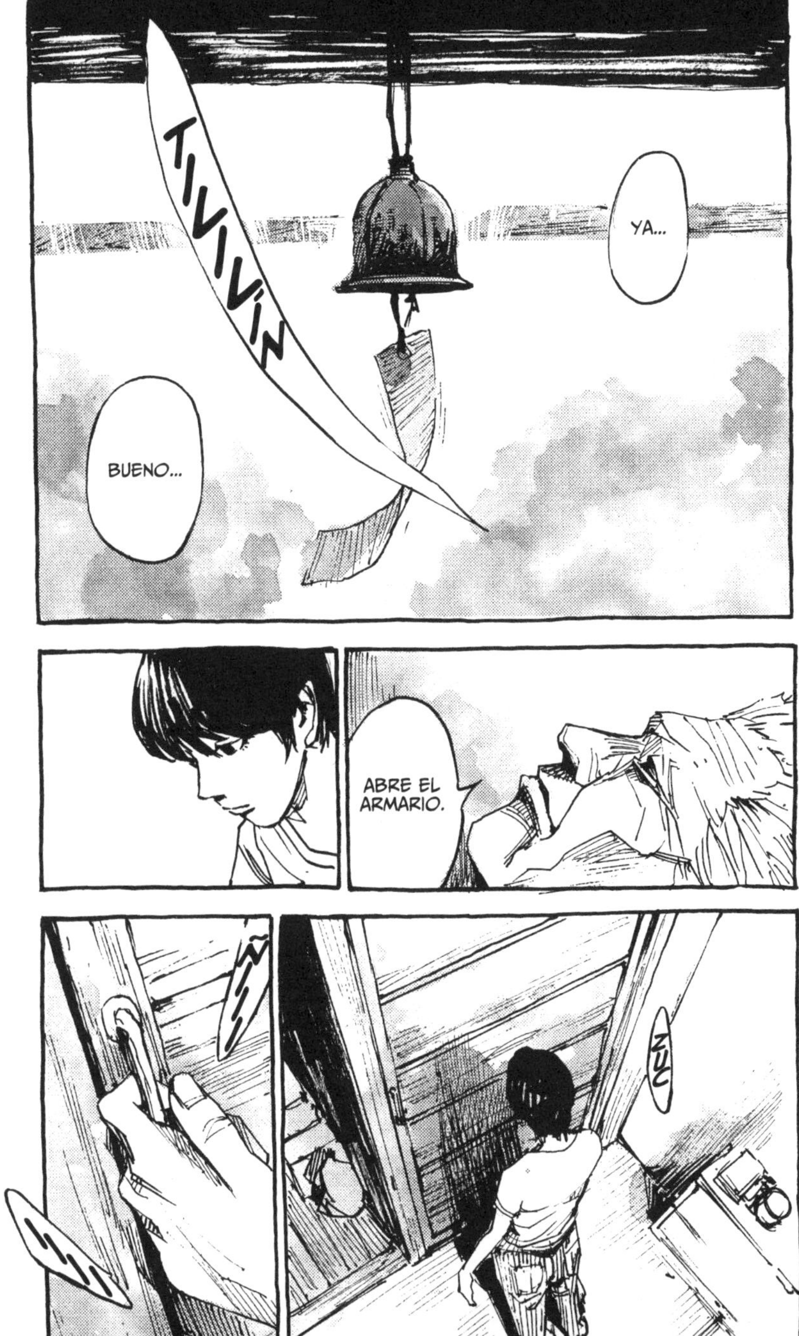
YA...
TIVIVÍN
BUENO...
ABRE EL ARMARIO.
NUC
ÑIII

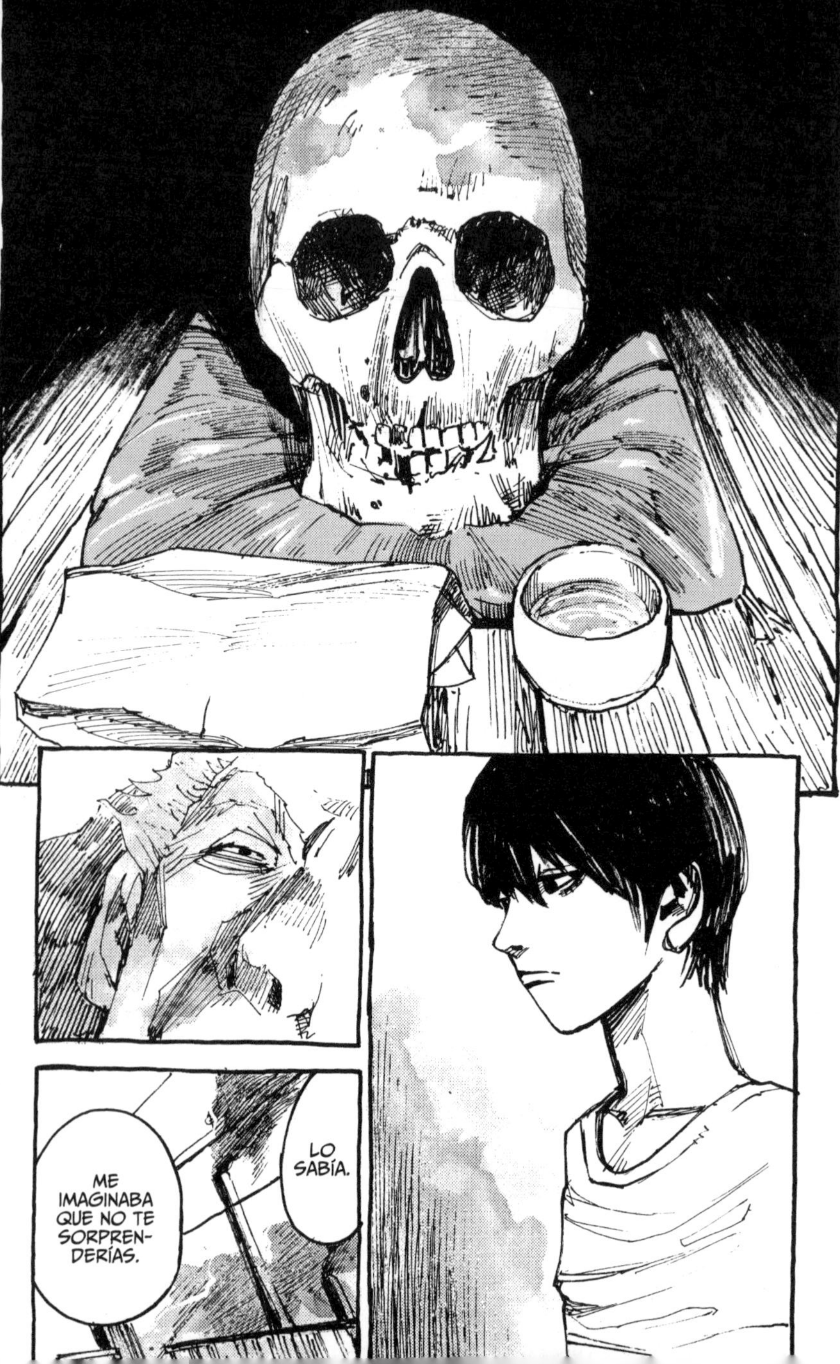
LO SABÍA.
ME IMAGINABA QUE NO TE SORPRENDERÍAS.

PUES CLARO.
SE NOTA QUE ES DE MENTIRA.
ES DE VERDAD.
¡JE!
MATÉ A TRES PERSONAS, ESA INCLUIDA.
FUE ENTRE LOS AÑOS 50 Y 60...

COSAS DEL OFI-CIO...
PERO NO SALIE-RON A LA LUZ.
AHORA ME GUS-TARÍA...
...PEDIR-TE UN FAVOR.
EN ESE SOBRE HAY CINCO MILLO-NES.
TE LOS DOY, ASÍ QUE...

...MÁTAME.
¿QUÉ ESTÁ DICIENDO?
¿CÓMO VOY A MATARLO?
ABRE EL SOBRE QUE HAY DETRÁS DE LA CALAVERA.

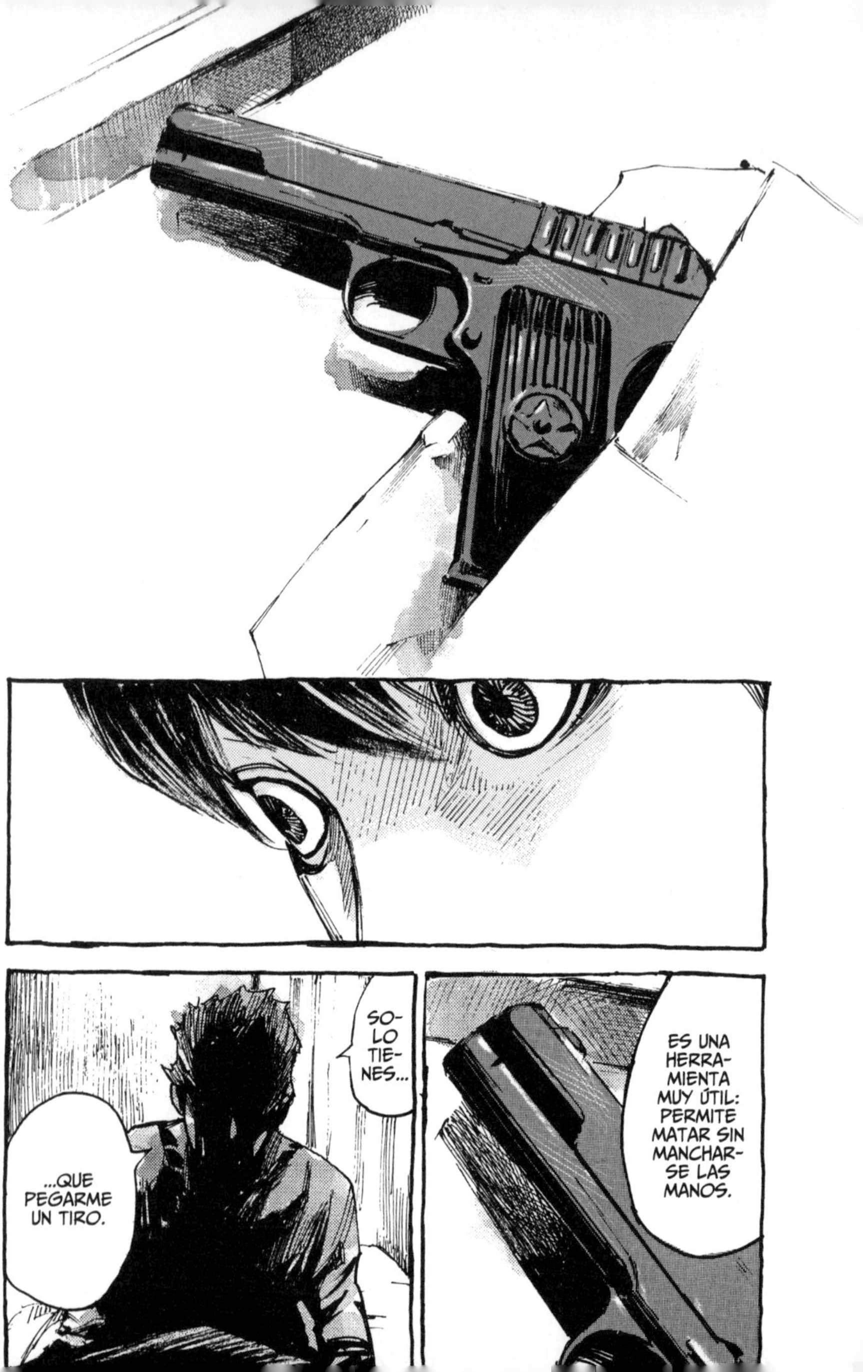

ES UNA HERRAMIENTA MUY ÚTIL: PERMITE MATAR SIN MANCHARSE LAS MANOS.
SOLO TIENES...
...QUE PEGARME UN TIRO.

LA ESCORIA COMO YO NO MERECE MORIRSE EN UN HOSPITAL.
NO LO PIENSES MÁS Y MÁNDAME AL OTRO BARRIO.
COGE EL DINERO Y LA PISTOLA...
...Y ESCAPA.
NO HAY NINGÚN PROBLEMA: PENSARÁN QUE ME HAN LIQUIDADO POR ALGUNA RENCILLA PASADA.
NADIE SOSPECHARÁ DE TI.

¿POR QUÉ ME LO PIDE A MÍ?
QUE LO HAGA ALGUNO DE SUS ANTIGUOS COMPAÑEROS.
TE VI...
...DÁNDOLE DE COMER A UN GATO EN LA OTRA ORILLA.
A PRIMERA VISTA PARECÍA QUE LO HACÍAS CON CARIÑO...
...PERO TU MIRADA ESTABA CARGADA DE UN ODIO ASESINO.

ERES DE LOS QUE ATACAN AL MÁS DÉBIL.
TIENES MAL FONDO.
POR ESO TE PIDO QUE ME MATES, QUE COJAS EL DINERO E INTENTES CAMBIAR TU VIDA.
SI QUIERES DESAHO-GARTE...
...HAZ-LO CON ALGUIEN MÁS FUERTE QUE TÚ.
ERES UN HOMBRE, YA SABES A QUÉ ME REFIERO.

*YAMAMORI MARKET.

CHAC
SI AHORA MISMO...
TUVIERA ESA PISTOLA...
...ME LO CARGARÍA.

PUEDO...
...DARLE UN GIRO A MI VIDA.
CLONC
CLONC
TRRR
TRRR
CLONC
SHAAAA
TUM

BAM
BAM
BAM

FSS
OTOÑO.
FSS

¡ARF!
¡AGH!
¡AGH!
¡ARF!
HAY QUE SER RUIN...
ESTÁS ESPE-RANDO A QUE ME MUERA...
¡AGH!
¡ARF!
¡ARF!
SERÁS UN PERDEDOR TODA TU VIDA.
¡ARF!

AL FINAL MORIRÁS COMO UNA HOJA MARCHITA ARRASTRA-DA POR LA CORRIEN-TE...
¡ARF!
...SIN HABER HECHO NADA POR CAMBIAR TU VIDA.
¡ARF!
¡ARF!
LÁR-GATE.
¡ARF!
¡ARF!
¡ARF!
EN VEZ DE QUE-DARTE AHÍ...
MIRÁNDO-ME CON LÁSTIMA...

...MÁTAME.
GLUP...
ZAS

PLOF
¡ARF!
¡ARF!
HUM...
DÍGAME UNA COSA, SEÑOR SEGAWA...
¡ARF!
¿POR QUÉ SOLO ME LLAMA CUANDO VA AL CENTRO DE DÍA?

¡ARF!
¡ARF!
¡ARF!
POR DECORO.
ALLÍ ME BAÑAN Y ASEAN UN POCO ESTE CUERPO INMUNDO.
QUIERO MORIR CON ALGO DE DIGNIDAD...
...
FIUUU
HOY ES MIÉRCOLES...

SIN EMBARGO...
...NO ME HA LLAMADO.
¡ARF!
¡ACH!
YA NO SOY...
...CAPAZ DE LEVANTAR EL BRAZO.
¡ARF!
FIUUU

VOY A...
...MATARLO.

LO SIENTO...
...PERO TE LO AGRADEZCO.
¡ARF!
¡ARF!
¡ARF!

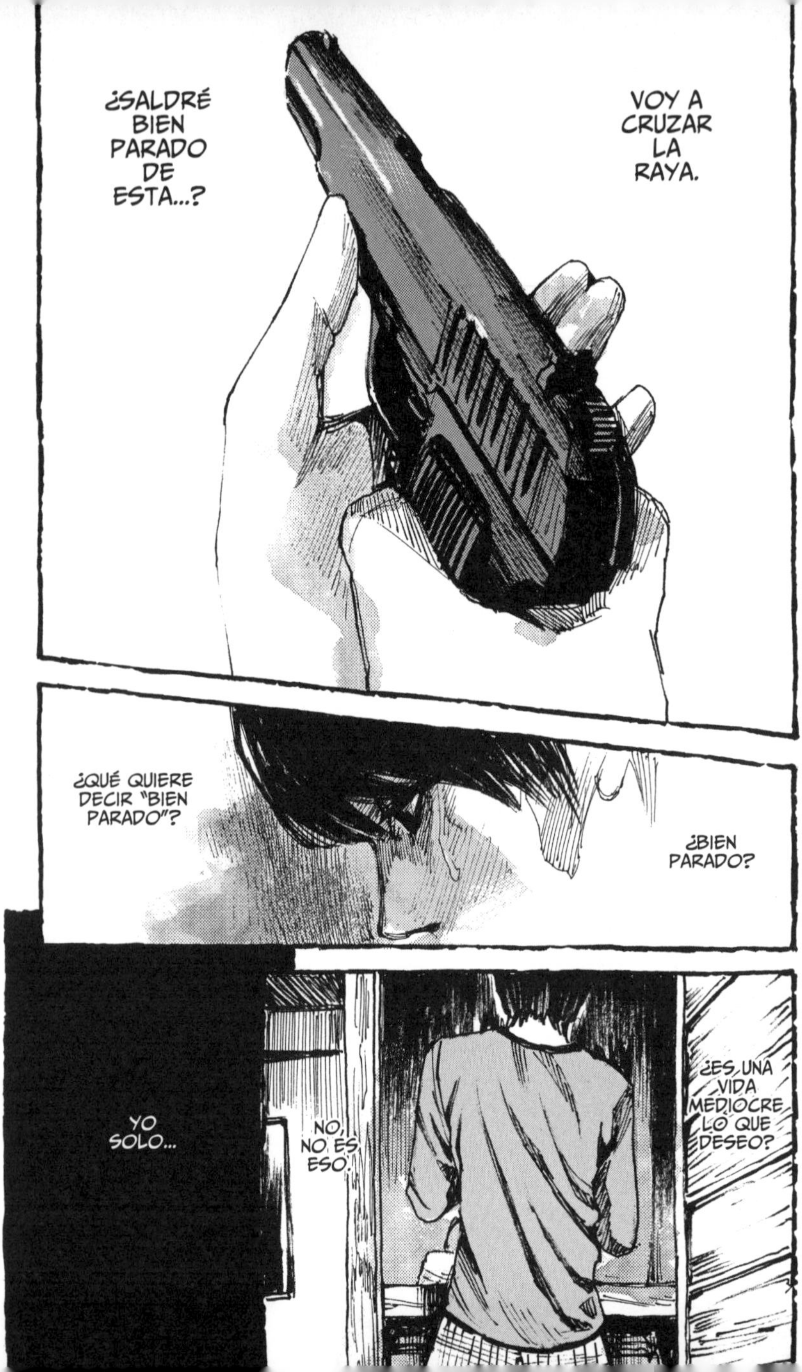
VOY A CRUZAR LA RAYA.
¿SALDRÉ BIEN PARADO DE ESTA...?
¿BIEN PARADO?
¿QUÉ QUIERE DECIR "BIEN PARADO"?
¿ES UNA VIDA MEDIOCRE LO QUE DESEO?
NO, NO ES ESO.
YO SOLO...

QUIERO SENTIR EL CALOR DEL VERANO...
SOLO HAY QUE APRETAR EL GATILLO.
VUÉLAME LOS SESOS.
OIGA...
¿QUÉ SE SUPONE QUE VOY A HACER LUEGO?

*N. DEL T.: EN JAPÓN EXISTE LA TRADICIÓN DE DAR UN DONATIVO LLAMADO *KÔDEN* A LA FAMILIA DE LOS DIFUNTOS.

¡¡JA, JA, JA, JA, JA!!
¡¡JA, JA, JA, JA, JA, JA!!
CLIC
ZUUUM

BANG

CLONC
CLONC
CLANG
CLANG

INVIERNO.
¡EY!
¡EL CHAVAL DE LA RECREATIVA!

¡EH, IDIOTA! AYER FUI AL LOCAL Y NO HABÍA LLEGADO LA MÁQUINA NUEVA.
¡¿EEEEH?!
PROCURA...
...NO METERTE CONMIGO.
¡¿CÓMOOO?!
¡¿CON QUIÉN COÑO CREES QUE HABLAS?!

TAC
KEN-JI...
COMO TE PA-SES, TE VAS A METER EN UN LÍO.
YA.
SOLO VOY A PONERLE UN PO-CO LAS PILAS.
!
ZAS

¿QUÉ MIERDA ES ESA?
¡NO VAS A ASUSTARME CON UNA PUTA RÉPLICA DE JUGUETE!
SI INSISTES EN METERTE CON ALGUIEN MÁS DÉBIL, TÚ PONME A PRUEBA.

PUEDO MATAR FÁCILMENTE A CUALQUIERA QUE ME PROPONGA.
¡¡GLUB!!

ガタン
TRAC
ガタン
TRAC
TRAC
ひろのう*
広能
¿SABE DÓNDE QUEDA ESTA DIREC-CIÓN...?
HMMM...
ES TODO RECTO POR ESTA CARRETERA, PERO ESTÁ LEJOS PARA IR A PIE.
GRA-CIAS.
*HIRONÔ

...
OH...
AHORA QUE LO PIENSO...
¿...NO ERA UNA OFICINA DE LA YAKUZA?
¡GRAAA!
¡GRAAA!
¡GRAAA!
FIUUUUU
¡¡QUÉ FRÍO!!

*CLAN DÔJÔ

Capítulo 2
TOKAREV

*CLAN DÔJÔ

¿GENJI... SEGAWA?
¿Y ESTÁS AQUÍ POR SU ÚLTIMA VOLUNTAD?
SÍ.
ME PIDIÓ QUE HICIERA UN DONATIVO A LA FAMILIA DE ESTE HOMBRE: KATSUHIKO MORITA...

¿MORITA...?
DI-CHO DE OTRA FOR-MA...
...SEGAWA MATÓ A MORITA, ¿VER-DAD?
Y... DIME...
¿DE CUÁNTO ES EL DONA-TIVO?
BUE-NO...
DE UN MILLÓN MÁS O ME-NOS...
ESPERA UN MOMENTO.

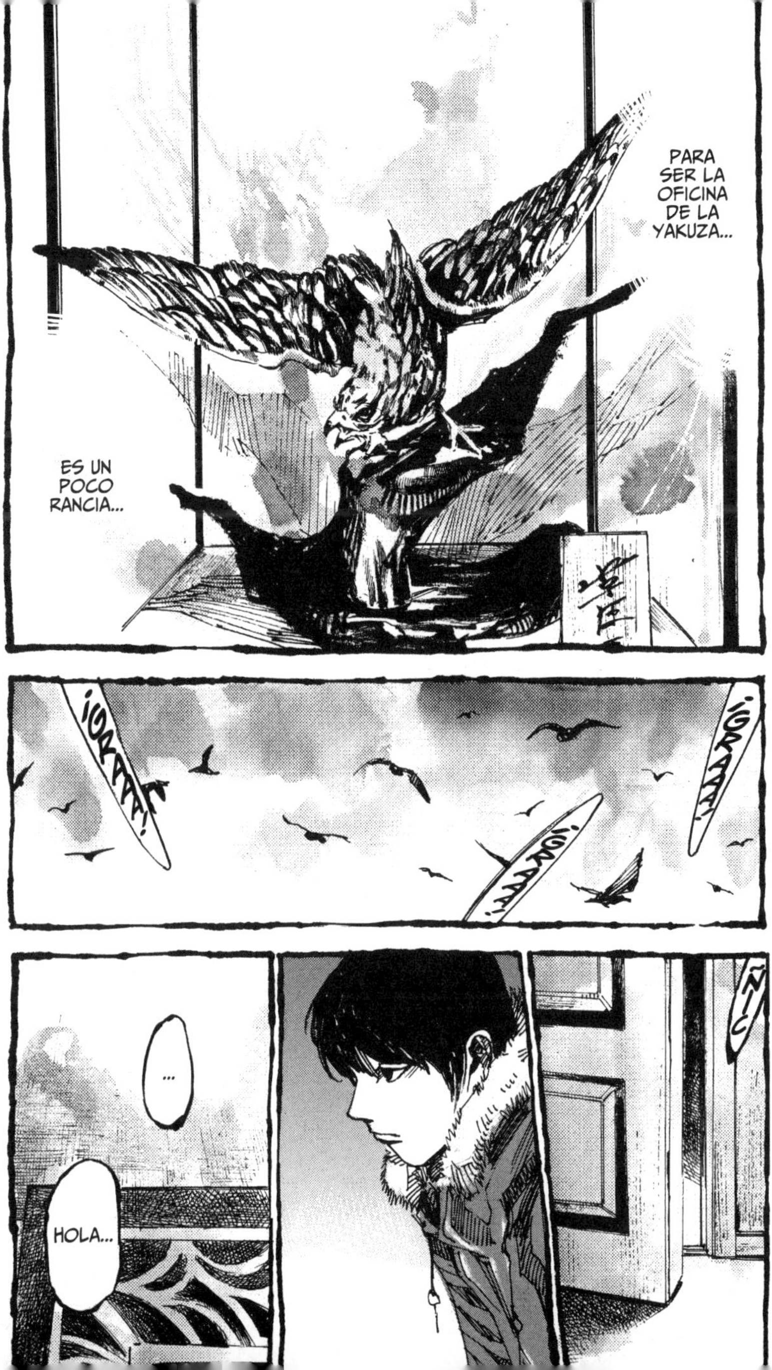
PARA SER LA OFICINA DE LA YAKUZA...
ES UN POCO RANCIA...
¡GRAAAA!
¡GRAAAA!
¡GRAAAA!
¡ÑIC!
...
HOLA...

TE TRAIGO UN TÉ.

TOMA.
¡QUÉ PESTAÑAS TAN LARGAS...!

サウナサンセット*
*SAUNA SUNSET
AH, SÍ... CONOZCO BIEN AL TÍO MORITA...
SOLÍA JUGAR CONMIGO CUANDO YO ERA UN CRÍO...
SHUC
ÑUG
ES CIERTO QUE DESAPARECIÓ DE REPENTE...

ASÍ QUE... ¿LO MATARON?
ESO HA DICHO EL CHAVAL.
ÑUG
ÑUG
ÑUG

SHUC
SHUC
VAYA... QUÉ HORROR...
ÑUG
ÑUG

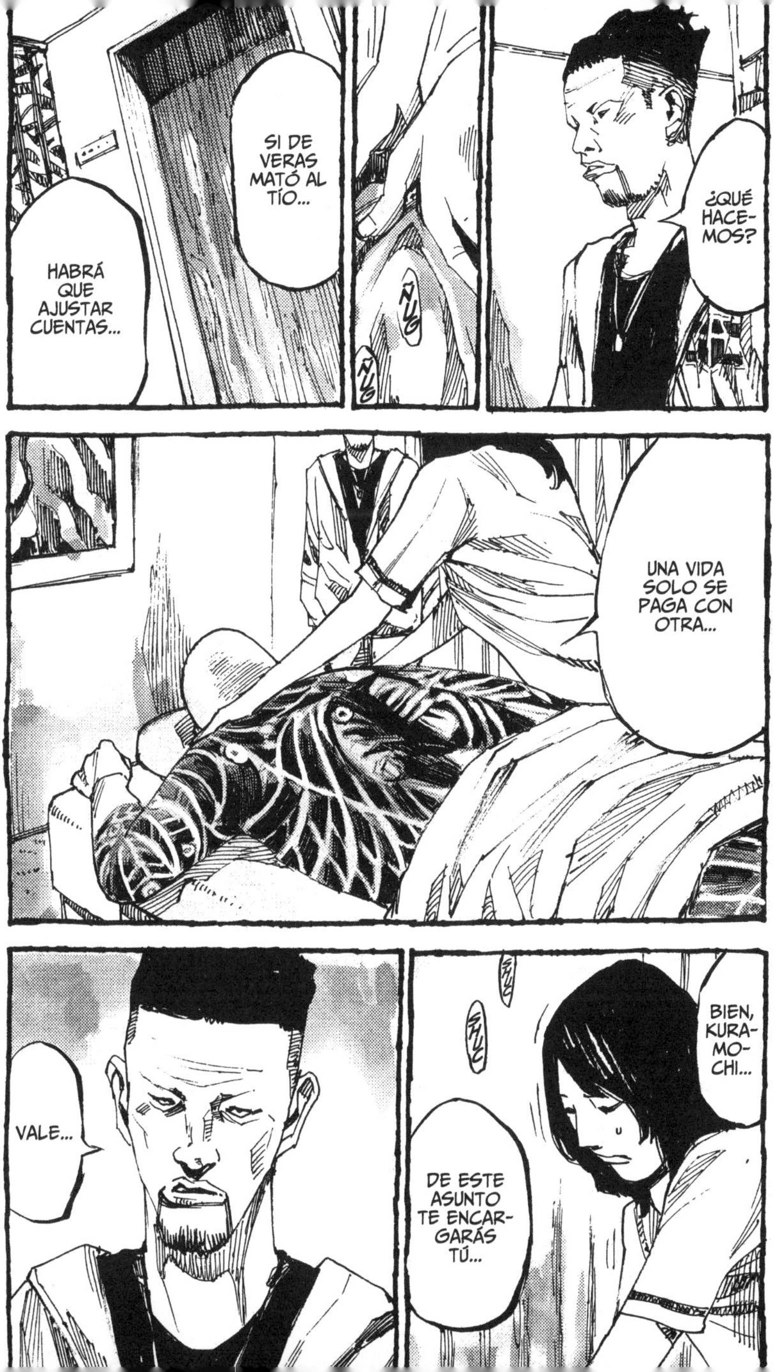
¿QUÉ HACEMOS?
ÑUG
ÑUG
SI DE VERAS MATÓ AL TÍO...
HABRÁ QUE AJUSTAR CUENTAS...
UNA VIDA SOLO SE PAGA CON OTRA...
BIEN, KURAMOCHI...
SHUC
SHUC
DE ESTE ASUNTO TE ENCARGARÁS TÚ...
VALE...

AMIGO...
ESE TAL MORITA...
...PERTENECÍA A NUESTRO CLAN. DEJA EL DINERO Y VETE.
SI ME DICES DÓNDE VIVE SU FAMILIA, IRÉ A ENTREGÁRSELO EN PERSONA.
EM...
NO...

¡JA!
PUM

¡UGH!
ZAS
ZUOOOM

PAM
¡¡ANORMAL!!
PAM
¡¿CON QUIÉN COJONES CREES QUE HABLAS?! ¡¿EEEEH?!
PAM
PAM
PAM
PAM

TIC
¡COF!
AGH...

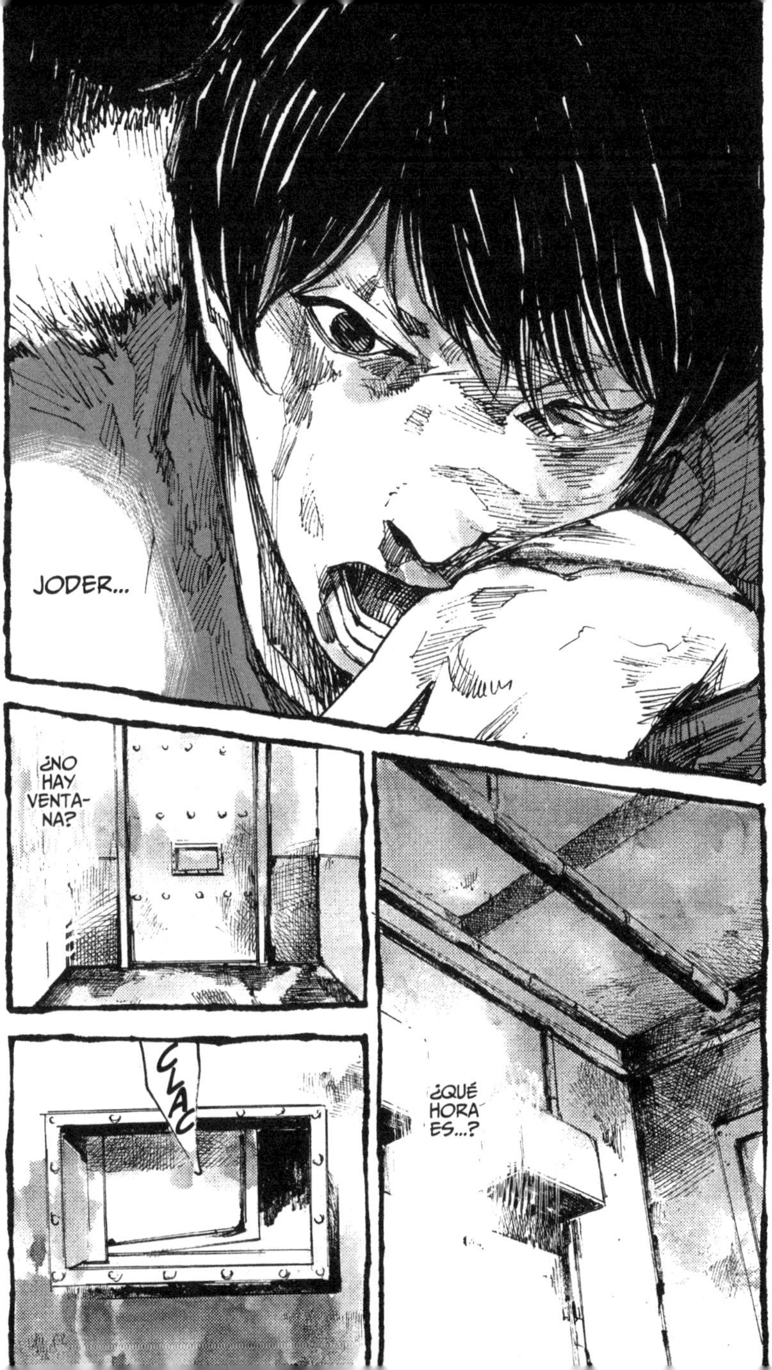
JODER...
¿QUÉ HORA ES...?
¿NO HAY VENTANA?
CLAC

LA DE LAS PESTAÑAS...
OYE...
¿PUEDO DECIR-TE UNA COSA?
¿QUÉ?

ESOS TÍOS... SOLO RECURREN A LA VIOLENCIA SI ES NECESARIO...
CREO QUE AÚN ESTÁS A TIEMPO DE PAGAR Y QUE TE PERDONEN.
¿PERDONARME...?
YO NO HE HECHO NADA.
ESE DINERO... LO HAS GUARDADO EN ALGUNA PARTE, ¿NO?
¿QUIERES QUE VAYA A POR ÉL?
OLVÍDATE DEL DINERO...
...Y SÁCAME DE AQUÍ.
YO NO TENGO LLAVE...
PERO...
COMO NO TE DECIDAS...

...TE HARÁN PICADI-LLO.
BLAM
TO-MA.
CÓ-METE ESTO.

¡EH...!
¡¡ESPE-
RA!!
LO
SIEN-
TO...
TENGO
QUE
IRME
YA.
*SALMÓN FRITO/HUEVAS CON MOSTAZA

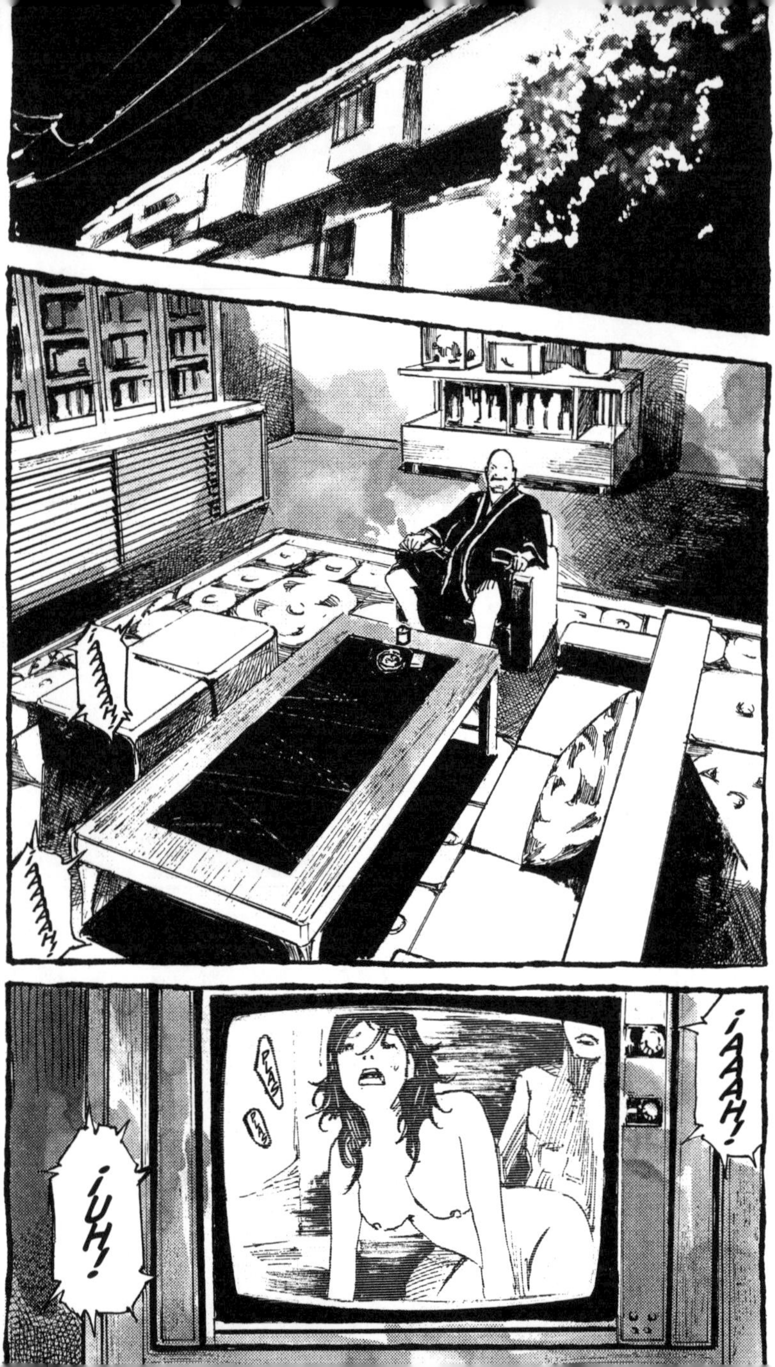
PLAS
PLAS
¡AAAH!
¡UH!

BUE-
NO...
QUIERO VER CÓMO LE SACAS BRILLO.

¡AAAH!
¡¡ME CO-RRO!!

¡NGH!
CHUP

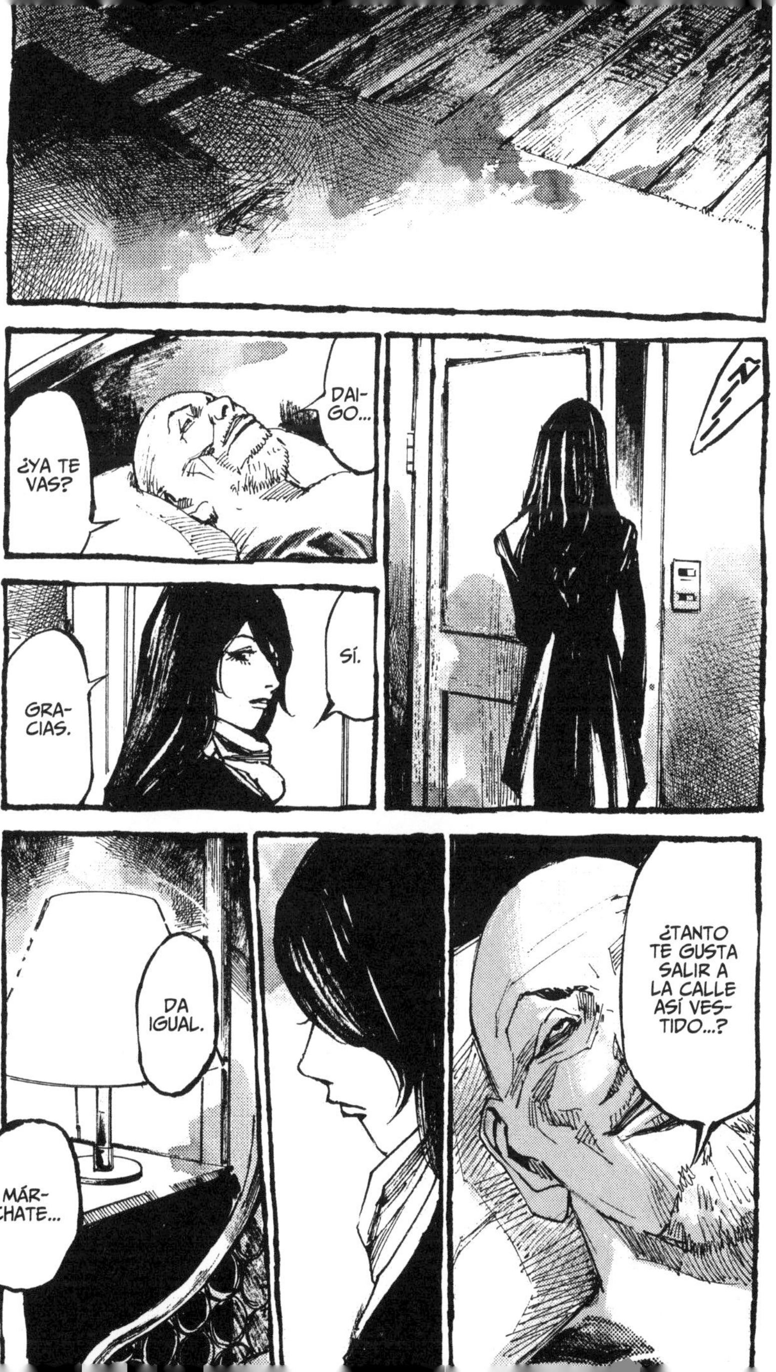
DAI-GO...
¿YA TE VAS?
SÍ.
GRA-CIAS.
¿TANTO TE GUSTA SALIR A LA CALLE ASÍ VES-TIDO...?
DA IGUAL.
MÁR-CHATE...

スナック 凜
凜

町
香
VA

BROOOOO
TAM
TAM
TAM

CHAC
¡AH!
¡ARF!
NO HAY MANERA DE HACER CANTAR A ESE CHAVAL...
...ASÍ QUE DEJA DE ATENDERLO.
HARÉ CEBO PARA PECES CON ÉL.

CLAC
SLURP...
SNIF...
¡HMF!
FRUS

COMO SIGAS EN TUS TRECE...
...TE MATARÁ DE VERDAD.
AH... YA.
¿POR QUÉ TE RESISTES DE ESA MANERA?
FRUS
PORQUE...
FRUS
...SE LO PROMETÍ.
ESE SEÑOR DIO SU VIDA...
PARA HACER DE MÍ ALGUIEN DE PROVECHO...
Y CREO
QUE SI AHORA TIRARA LA TOALLA...

...ME CONVERTIRÍA EN UNA BASURA DE PERSONA.
OYE, QUIERO PEDIRTE ALGO.
¿DE...
...QUÉ SE TRATA?
VE A POR MIS COSAS.

¿TE...
...REFIERES AL DINERO?
ESTÁN ESCONDIDAS EN UNA ESPECIE DE ALMACÉN DETRÁS DE LA ESTACIÓN.
POR FAVOR.
DE ACUERDO.

TRAC
TRAC
TRAC
TRAC

CLAC
INCREÍ-
BLE...
?!
FRUS
¿QUÉ ES
ESTO?
FRUS

¡¿EH...?!

TRAC
TRAC
EN REALIDAD LO QUE QUIERE QUE LE LLEVE ES ESTO...

SEÑOR SEGAWA... CAMBIARÉ DE VIDA, COMO LE PROMETÍ.

TRÁEMELA.
VOY A CARGÁRMELOS.

Capítulo 3
Desacato

PIENSA USARLA PARA ES- CAPAR DE AHÍ.

ES EL ÚLTIMO RECURSO QUE LE QUEDA.

EY...
ME LO HAS TRAÍDO, ¿NO?
VEN-GA...
DÁME-LO, POR FAVOR.

HABÍA ALGO MÁS QUE...
...DINERO.
YA...
NO ES SOLO DINERO...
¿QUÉ VAS A HACER...
...CON ESTO?
¿QUE QUÉ VOY A HACER?
SALIR DE AQUÍ, ¿QUÉ SI NO?

QUÉ SUERTE...
PODER SALIR DE AQUÍ...
TENDRÍA QUE SER MUY IMBÉCIL...
PARA QUEDARME ESPERANDO A QUE ME DESCUARTICEN...
TIENES RAZÓN.

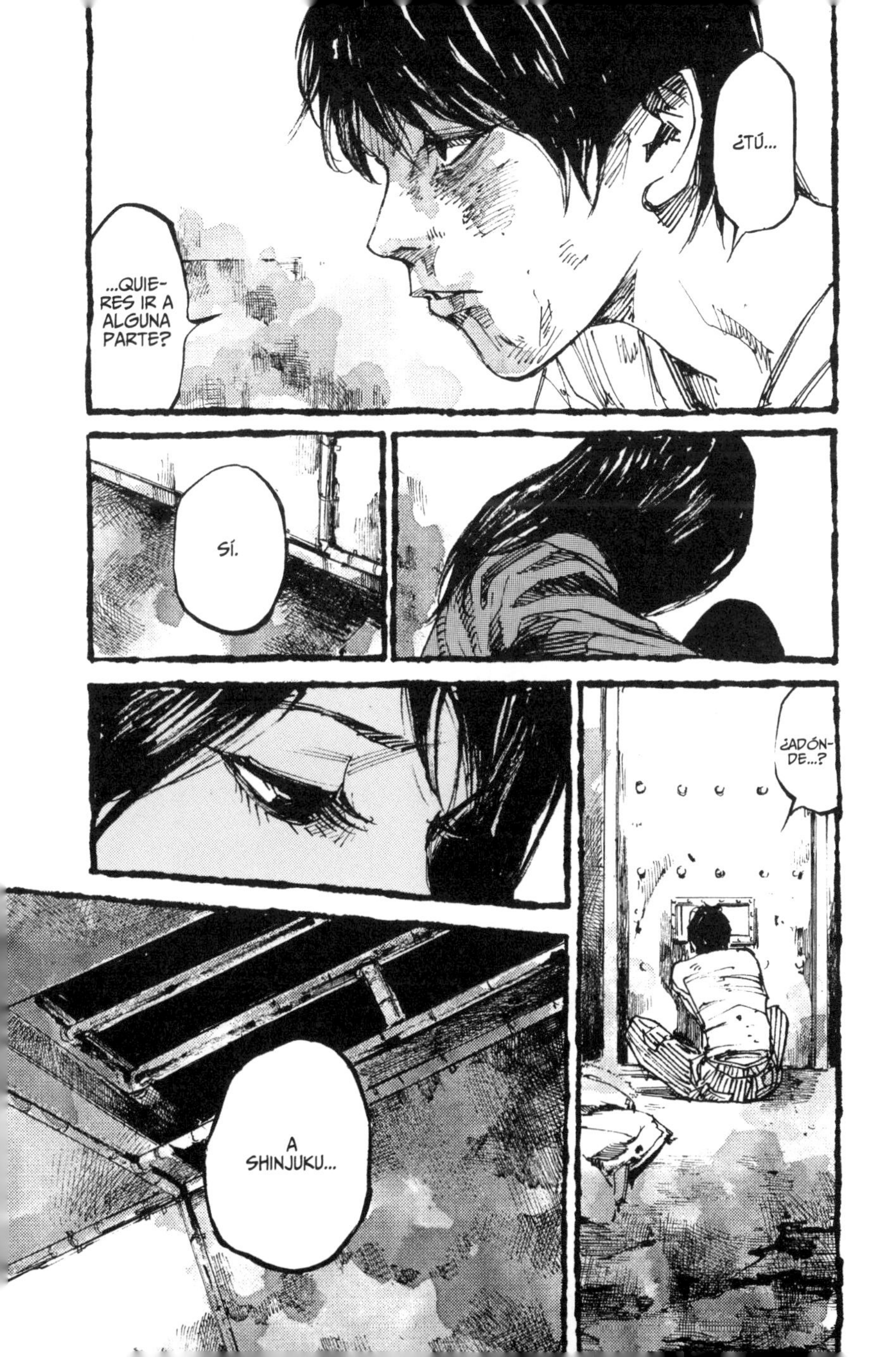
¿TÚ...
...QUIERES IR A ALGUNA PARTE?
SÍ.
¿ADÓNDE...?
A SHINJUKU...

¿CÓMO?
¡QUÉ ESTUPIDEZ!
PUEDES IR A SHINJUKU CUANDO TE DÉ LA GANA.
NO ES...
...TAN SENCILLO COMO CREES.
SI ES SOLO IR A SHINJUKU...
...TE LLEVARÉ YO.

VENGA... TE LO PRO- METO.

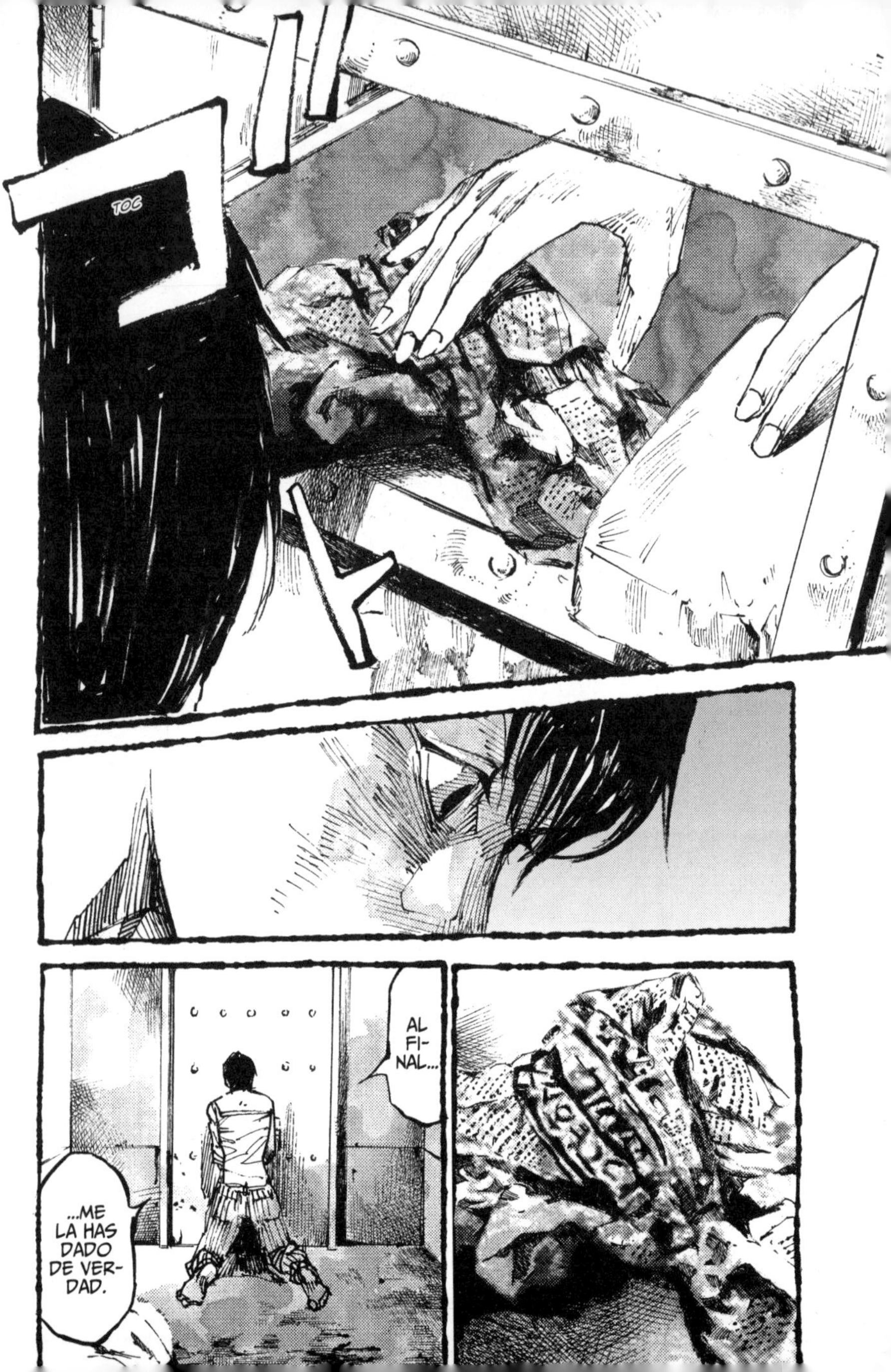
TOC
AL FI-NAL...
...ME LA HAS DADO DE VER-DAD.

SABES QUE SI SE ENTERAN, TÚ TAMBIÉN ESTÁS JODIDA, ¿NO?
¿POR QUÉ LO HAS HECHO?
NO LO SÉ.
QUIZÁ PORQUE...

...LAS PISTOLAS SIRVEN PARA DESTRUIR COSAS.

AH...
ESE COMENTARIO NO IBA POR TI...
LO SIENTO...

BIP
CHAC

¡EY!
¿QUÉ? ¿QUÉ QUIERES...
...QUE HAGAMOS?
TENGO...
...A UN CHAVAL ENCERRADO.
SI CANTA DÓNDE HA METIDO EL DINERO, OS DARÉ 300 000 A CADA UNO...
¡OOOH!
¿300...? NO ESTÁ NADA MAL.
VENGA... VAMOS A DESPACHAR ESTO RÁPIDO.
QUE QUIERO IR AL LOCAL DE KUMI.
¡¿QUÉ?! ¿SIGUES YENDO A VER A ESE CALLO?

¿PODEMOS CARGÁRNOSLO?
SÍ.
PERO SI LO MATAMOS NO BASTARÁ CON 300.
BUENO... LO HABLAMOS SOBRE LA MARCHA...
BUENAS.
TÚ SIEMPRE TAN GUAPA.
GRACIAS.

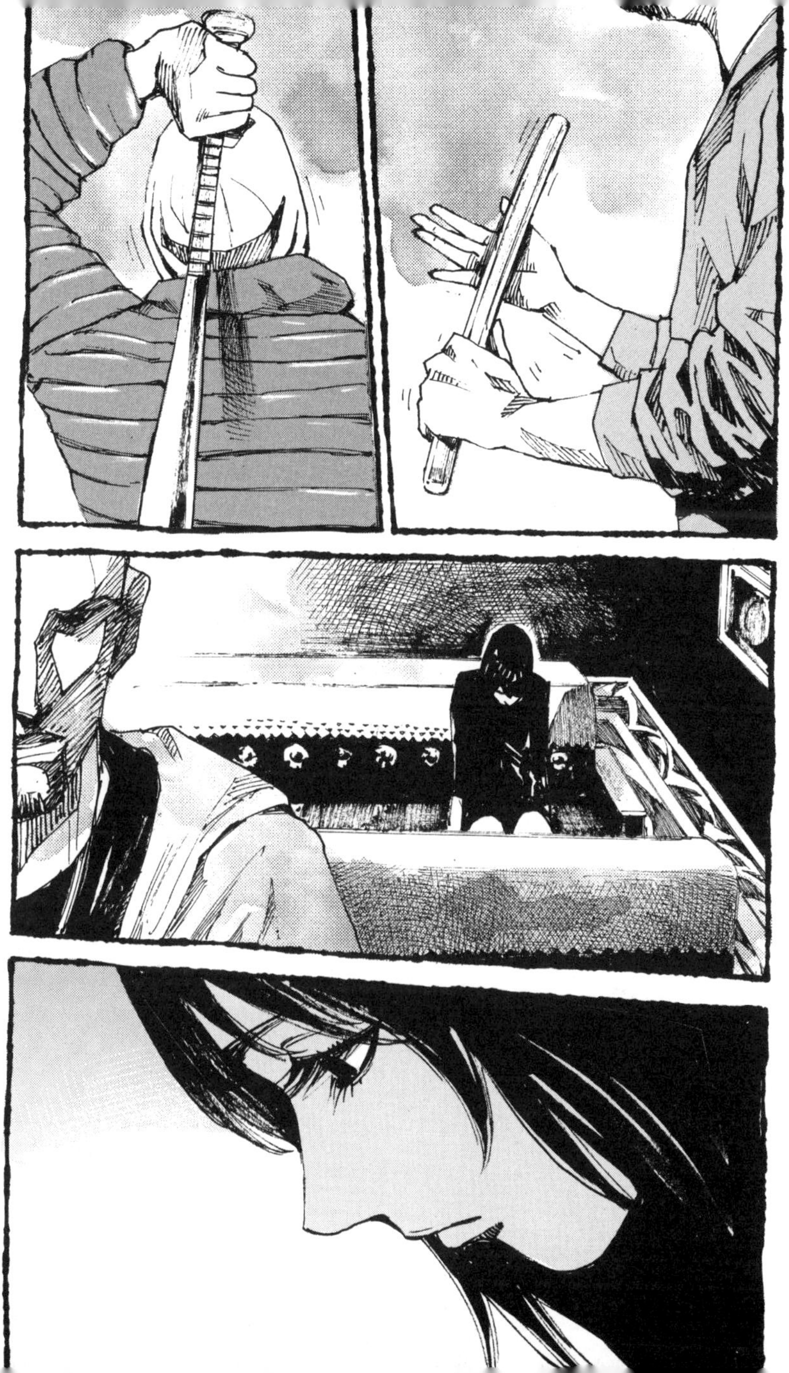

BUENO...
A GANARSE EL PAN...
¡UF!

CLAC
EY, CHA-VAL...
EL DINERO... ¿DÓNDE LO HAS METI-DO?

MÁS TE VALE QUE NO ME MIEN- TAS.
¡AGH!
¡ARF!

¿VES? NI PUTO CASO...
UNA LÁSTIMA. ME APETECÍA CHARLAR.
PERO NO QUEDA MÁS REMEDIO QUE COMUNICARSE CARA A CARA.
¡ARF!
¡AGH!
¡ARF!

¡AGH!
¡ARF!
¡AH!
¡ARF!
¡ARF!

CRAC
CLIC
¡ARF!
¡AH!
...
¡ARF!
¡ARF!
¡ARF!
¡HF!

BANG

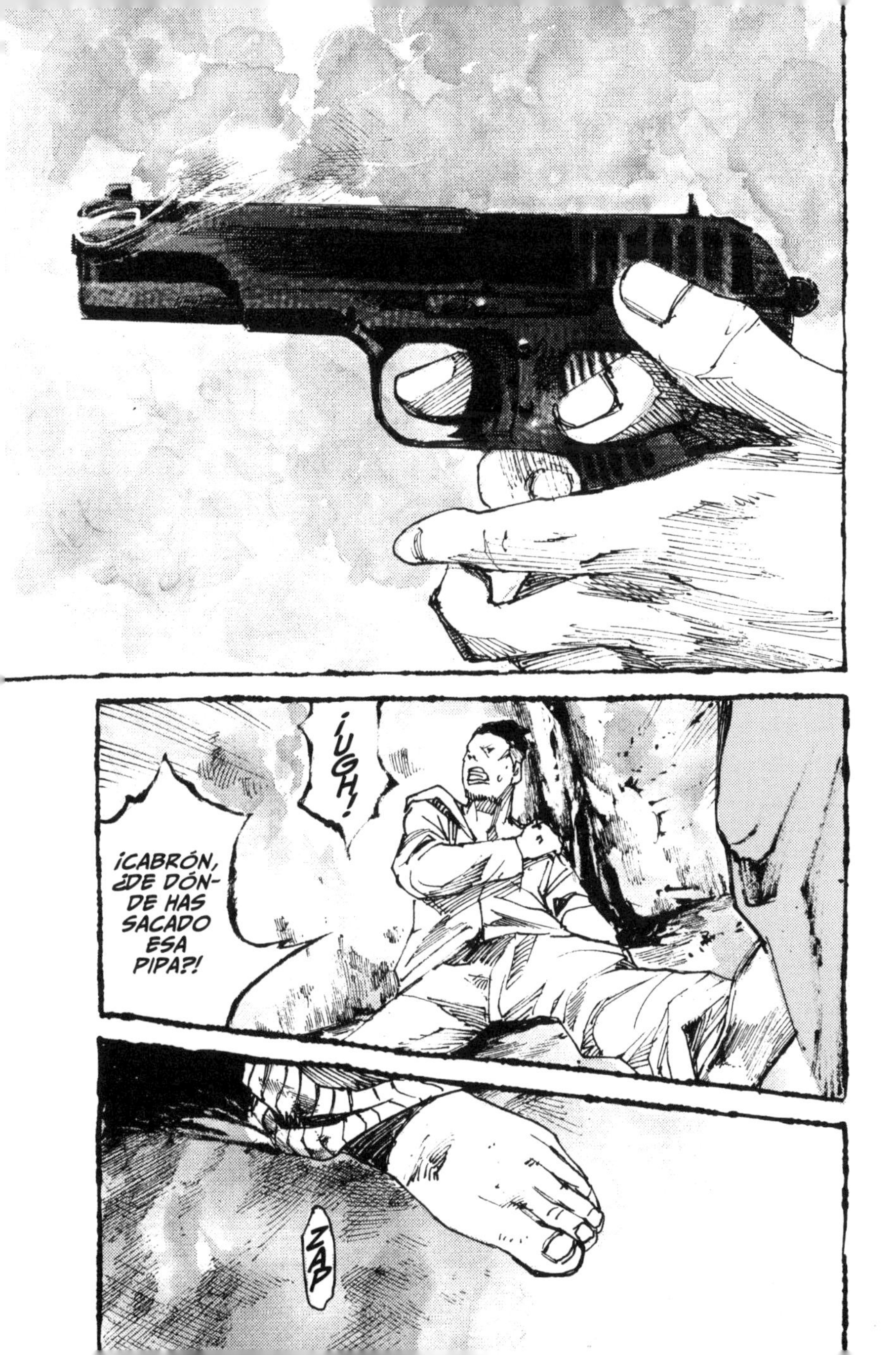
¡UGH!
¡CABRÓN, ¿DE DÓN-DE HAS SACADO ESA PIPA?!
ZAP

¡PU-TO...
...IM-BÉ-CIL!
BANG
ZUM

¡ARF!
¡ARF!
¡UF!
¡AH!
¡ARF!
UH...
¡¡UOOOOOH!!

BANG
FLING
PLAG

NGH...
CLINC
¡FUA!
¡UF!
¡FUA!
¡AH!
¡AH!
SRING

¡ARF!
¡ARF!
¡AF!
¡AF!
¡ARF!
¡AGH!
¡¡UAAAAH!!
¡FUA!
¡AH!

BANG
¡UAGH!

JE, JE...
CON UNA PISTO-LA...
...PUEDE QUE LOGRE DES-TRUIR-LO.

DAME...
...LA PISTOLA.
¿VAS A...
¡ARF!
...CUMPLIR LA PROMESA?
¡ARF!

カラオケ

Capítulo 4
Complicaciones

CLARO.
IREMOS A... SHIN-JUKU.
VENGA,
DÁMELA...

CHAC

VOY A
POR MIS COSAS.
ESPERA UN MO-MENTO...
TAP

¡H!
¡NO LO HAGAS!
¡EY!
¡LO SIENTO, TÍO, NO ME MATES!

NO SE LO DIRÉ A NADIE.
PERDÓNAME, POR FAVOR.
LAS COSAS NO FUNCIONAN ASÍ.
¿ACASO...
...HAY ALGO QUE TE GUSTARÍA HACER SI SOBREVIVIERAS?
CLA...
CLA... ¡¡CLARO QUE SÍ!!
AQUÍ DONDE ME VES...
¡...ME ENCANTARÍA GANAR MUCHO DINERO, CASARME CON UNA MUJER GUAPA Y, A PODER SER, TENER HIJOS!

¡¿VA-
LE?!
¡ASÍ
QUE
NO ME
MATES!
QUÉ
ASCO...
ME
DA ESE
ROLLO...
...
¿CÓ-
MO?
¡¿EL
QUÉ?!
ME
SUELTAS
ESA MIERDA
COMO SI TU
VIDA TUVIERA
SENTIDO...

¡¡H!!
ESPE...
¡¡NO!!
BANG

SPLUCH
SPLUCH
SPLUCH

FLOP

VAS A...
...DE-JARME TIRADA, ¿NO?
CAPU-LLO...

LO DE QUE TE CONVERTIRÍAS EN UNA BASURA SI NO CUMPLÍAS LA PROMESA...
...ERA TODO MENTIRA.
MIRA...
LA TONTA ERES TÚ POR HABÉRTELO CREÍDO.
ADEMÁS, TÚ ESTÁS EN EL MISMO BANDO QUE ELLOS.
PF...
TE HAS VUELTO MUY CHULO AHORA QUE TIENES LA PISTOLA.

ESTABA MUY EQUIVOCADA CONTIGO: ERES UN GALLINA Y UN MENTIROSO.
CUANDO LLEVAS VARIOS AÑOS VIVIENDO COMO UNA MUJER, CAPTAS EL NIVEL DE LOS HOMBRES.
Y TÚ
ERES DE LA PEOR CALAÑA.
ENCIMA...
...NO ENTIENDES A LAS MUJERES.
NIÑATO VIRGEN...

¡¡JA, JA, JA, JA, JA, JA, JA, JA!!
OYE, VIR-GEN...
TE HE VISTO LA CARA.
¿VAS A DEJAR-ME CON VIDA?

COMO DIGA QUE ESTA SANGRÍA LA HAS PROVOCADO TÚ...
...REMOVERÁN CIELO Y TIERRA PARA ENCONTRARTE Y DESCUARTIZARTE.
ÉCHALE HUEVOS, MALDITO NIÑATO VIRGEN...
...Y HAZLO.
PÉGAME UN TIRO.

VENGA...
COGE TU QUERIDA...
PISTOLA Y...

...DESTRÚ-
YEME.
MENU-
DA...
...TRAGI-
COMEDIA.

¿TÚ ERES...
...EL CHAVAL DEL DO-NATIVO?

SI HAS HECHO TÚ SOLO TODO ESTO...
...ES QUE ERES UN CRACK.
¡¡POW, POW, POW, POOW!!

¡YAH!
TEP
¡YAH!
TEP
¡YAH!
ZAS

¡YAH!
¡YAH!
MUÉRETE.
¡YAH!
ESTÁS ACABADO...
¡YAH!
ZAS
UGH...

BANG
¡¡OOOH!!
CLAC
UUUUUU

¡¡NNNNNGH!!

¡YEP!
¡YEP!
¡YEP!
ME HAS DISPA-RADO.
¡¡TE HAS ATRE-VIDO A DISPA-RAR-ME!!
¡¡PE-DAZO DE CA-BRÓN!!
¡UF!
¡UF!
¡UF!
¡UF!

UUUH...
UF...
CHAS
¡AAAAH!
CONQUE ESAS TE-NEMOS, ¿EH?

DAIGO...
EL TRAGO DE ESTA NOCHE LO ACOMPAÑARÉ CON SU CABEZA.
CÓRTASELA Y TRÁEMELA...

ME COMERÉ TUS OJOS...
...CON SALSA DE SOJA Y WASABI.
CRAC
SPLUGH
DI'ULPA...
SPLUGH

SALUGH
AYÚA-
ME...
SALUGH
PO
FAVÓ...
LA
CLÍNICA
ME
SALDRÍA
DEMA-
SIADO
CARA.
¡HAS
TA...
PLAS
...NUN-
CAAA!
PLAS

NIÑATO...
TENGO FRÍO.
¿CUÁNTO TIEMPO VOY A TENER QUE SEGUIR CAMINANDO?

HMMM...
NO LO HE PENSADO.
QUÉ CHASCO...
HAS PERDIDO TODO EL ENCANTO...

Capítulo 5
De soslayo

EH...
¡ESPERA!
¿QUÉ?
SE ME HAN QUITADO LAS GANAS DE HABLAR CONTIGO.
YO VOY A ESCAPAR DE AQUÍ...
¿TE IMPORTARÍA DARLE EL DONATIVO A LA FAMILIA DE MORITA?

AGH...
QUÉ IDIOTA ERES...
ME SACAS DE QUICIO.
SI QUIERES QUE TE PAGUE, TE DARÉ DI-NERO...
POR FAVOR.

MUÉRETE.
LA GENTE COMO TÚ NO MERECÉIS VIVIR.
OJALÁ HICIERAN *SASHIMI* CONTIGO.
¿HM?
NO SÉ DE QUÉ ME HABLAS.
VENGA...

¡UGH!

ZUM

¡NGH!
¡UOH!

PUM
¡¡OOOH!!

PLOF
ZUM
¡ARF!
¡ARF!
¡ARF!

UF...
SNIF...
SNIF...

HE SIDO TONTA HACIÉNDOME ILUSIONES CONTIGO.

¡¡JA, JA, JA, JA, JA!!

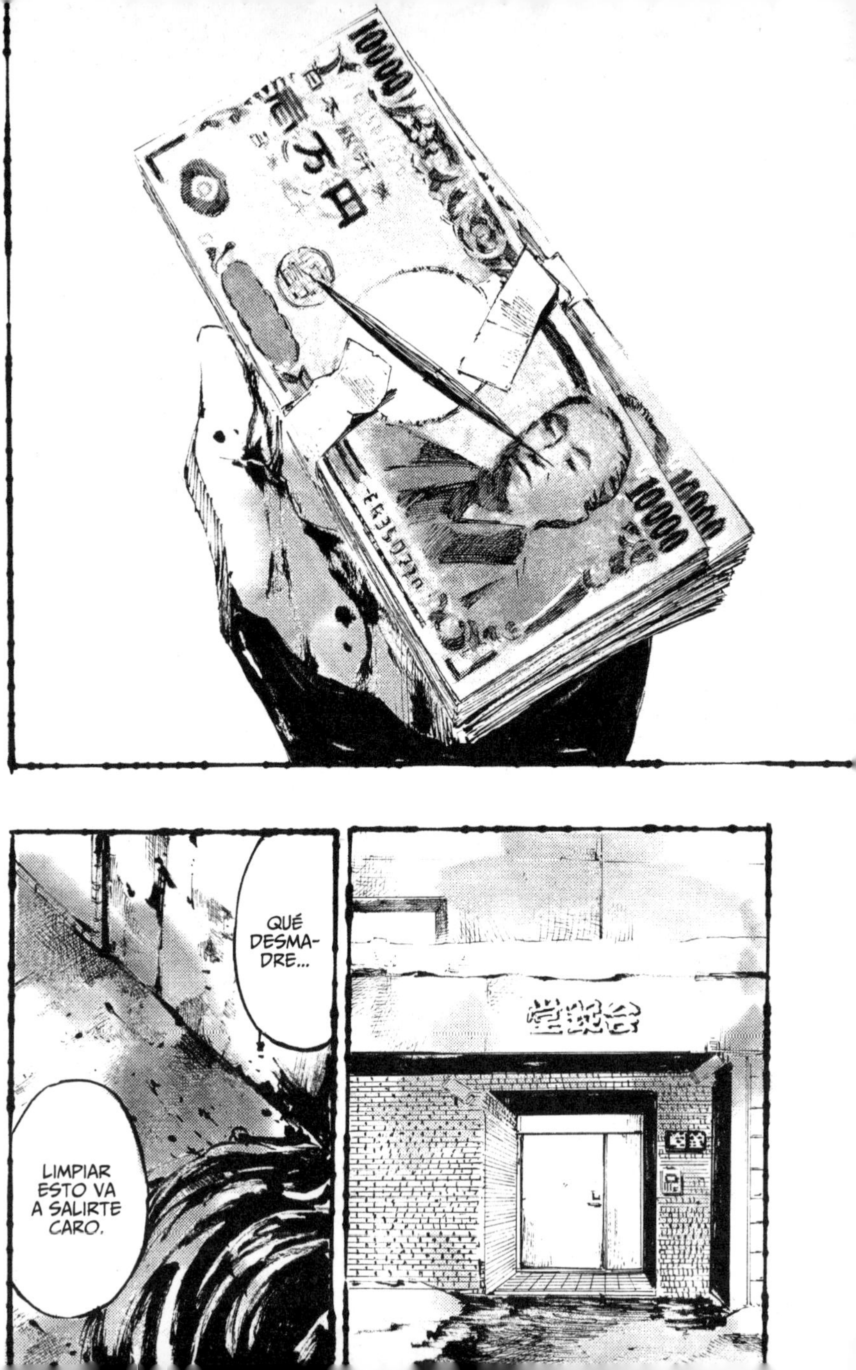
QUÉ DESMADRE...
LIMPIAR ESTO VA A SALIRTE CARO.

ESTO SON FOTOS DEL CHAVAL.
PERO NO QUIERES ENCHIRONARLO, ¿NO?
NO.
ME OCUPARÉ YO MISMO DE ÉL.

POR CIERTO, ESE CABRONCETE SE HA LLEVADO A MI DAIGO.
CÁZALO CON ALGÚN CONTROL RUTINARIO Y TRÁEME A DAIGO DE VUELTA.
UY, COMO SI FUERA TAN FÁCIL.
LOS POLICÍAS TENÉIS PRIVILEGIOS, ¿NO?
NO HARÁ FALTA NINGÚN CONTROL RUTINARIO.

¡¡HOMBREEEE!!
¡¡HAS VUELTO!!
PERO...
¿DÓNDE ESTÁ EL HOMICIDA?
ME HE DESHECHO DE ÉL.
PRIMERO LO APUÑALÉ...

¡¡UAH, JA, JA, JA!!
¿ASÍ QUE LA CARNE HUMANA ES UN BUEN CEBO PARA PESCAR?

ROOONC...
ROOONC...
ROOONC...
EH...
DAIGO...
¿PUEDO HABLAR CONTIGO?
A LA MÍNIMA QUE ME MIENTAS, TE ARRESTO...

RESULTA
QUE ERA
UN TÍO...

¿QUÉ QUERRÍA...
...DESTRUIR CON LA PISTOLA?

HOTE
シャルム

ÑEC
PUF
SHUP

SHUA
PUF
UVAU

SALGO UN MOMENTO A COMPRAR EL ALMUERZO.
VALE.

EY...
¿ESTABAS VIVO?
ME SALVÉ GRACIAS A QUE EL CUCHILLO SE CLAVÓ EN EL FAJO DE BILLETES.

ME QUEDAN TRES BALAS.
Y AÚN TENGO DINERO.
HARÉ LOS OTROS DOS DONATIVOS...

...Y LUEGO IREMOS A SHINJUKU.
REVERBERACIÓN Fin del tomo 1

REVERBERACIÓN

samant
MOMO

Violence Action

RENJI ASAI
Obra original: SHIN SAWADA

UN NUEVO SEINEN DONDE LAS APARIENCIAS ENGAÑAN...

Un médico que trabaja como torturador para la mafia pierde a su familia a causa de los malentendidos derivados de una disputa entre clanes rivales. Decidido a cobrarse su venganza, contacta con una agencia de asesinos a sueldo para dejar el ajuste de cuentas en manos de un profesional... pero quien acepta el encargo no parece muy letal...

NORMA Editorial
www.NormaEditorial.com
www.NormaEditorial.com/blogManga

REVERBERACIÓN vol.1

ZANKYO Vol. 1 by Tsutomu TAKAHASHI

Original Japanese edition published by SHOGAKUKAN.
Spanish translation rights in Spain arranged with
SHOGAKUKAN through The Kashima Agency.

Norma Editorial, S.A. Passeig de Sant Joan, 7,
principal. 08010 Barcelona.
Tel.: 93 303 68 20 - Fax: 93 303 68 31.
E-mail: norma@normaeditorial.com
Traducción: Gabriel Álvarez Martínez
Realización técnica: Double Cherry
Corrección: Sergio Colomino
Depósito Legal: B 2441-2020
ISBN edición especial: 978-84-679-4448-8
ISBN edición regular: 978-84-679-4109-8
Printed in the EU